رواية

حكاية

في عينيه

د. جُمان الريحاني

إهداء..

إهداء إلى الحب وعيون الحب التي تحمل الحقيقة دوماً.

إهداء إلى الحقيقة التي لا يستطيع أحد طمسها فالشمس لا يحجب أشعتها غربال كثير الثقوب.

إهداء إلى الحبيب وعينيه وصدق المشاعر التي تنعكس في مرآة الروح

جمان الريحاني

حب وثقة

رغم كلما حصل معنا ورغم كلما يحصل الآن مع العالم إلا أنني مازلت أفكر فيك، أفكر في كلما هو محيط بك، وأتساءل:

أين أنت؟

وماذا تفعل؟

مع من أنت؟

وكيف حالك؟

هل أنت تعتني بصحتك؟

هل تهتم بطعامك؟

هل أنت بخير؟

كيف تشعر؟

هل أنت سعيد؟

هل أنت مرتاح؟

كيف هي حالتك النفسية؟

وكيف هو قلبك؟

كيف هو قلبك حبيبي؟

قلبك هو حبيبي وهو كلما يهمني في هذا الكون الواسع

أتساءل وبالي مشغول كالعادة

لا يمكنني أن أنال السلام وأنت بعيد عني بعيد عن
عيوني وحضني

حبيبي كيف أنت

أتساءل ولا أجد إجابات لتساؤلاتي

وحيرتي مستمرة

وقلبي مشغول

والأمر ليس بيدي ولم يكن يوما كذلك

حبيبي اشتقت لك والشوق مستمر وفي تزايد وناره لا تنطفئ

حبيبي

حبيبي أنت تعلم بأنني لا اصدق فقط ما أراه لأنني اعلم بأنه ليس كل ما يلمع ذهبا والمظاهر لم تكن صادقة يوما وليس كل غطاء هو حجاب.

ولكن ورغم كل هذا فانا اتبع قلبي واصدق ما يقوله قلبي الصادق الذي يشعر بك في وسط الملايين وعلى بعد آلاف الأميال.

قلبي يحبك ويشعر بك بصدق

حبيبي كلما ما تراه عينيا أمامي يبدو وكأنه زائف ومزور ولا توجد فيه إلا نسبة ضئيلة من الحقيقة ولكن في يوم رأيت صورة لك ورأيت الصدق فيها لقد رأيت حكاية في عينيك.

وشعر بالكثير في صورة اختارها قلبي بين مئات الصور لكي يثق فيها وقال لي قلبي الصورة تحمل حكاية في عينيه.

لقد شعر بكل ما كان في عينيك ووصلني الإحساس الصادق الذي تحمل الصورة الجامدة ولكن المشاعر فيها كانت حية كما هو حبي لك حي لا يريد أن يموت.

حبيبي رأيت الحب والصدق في عينيك وشعرت بكل ما ما كنت تشعر به في تلك اللحظة الموازية لالتقاط الصورة.

وصلتني حكاية بنظرة عين

رأيت الحب والشوق

رأيت العذاب والألم

رأيت الوله

رأيت كلاما وسمعت كلاما كثيرا لا منطوقا ولا مكتوبا

رأيتني في عينيه

رأيتني حبيبي في عينيك

ومنذ ذلك اليوم وأنا أدعو الله ربي

أدعو في السحر والفجور

أدعو الله ليلا نهار

أدعو الله أن يعجل بالفرج

أدعو الله أن يجعل السعادة تعرف طريقها إلى قلبك
حبيبي

ادعوا هره أن يجعلك حرا طليقا

ويجعل قلبك العاشق قلبا سعيدا

أدعو الله أن يملأ حياتنا بالفرح

وأن يقرب المسافة بيننا

أو أكثر من ذلك ودع وأهله أن تنعدم المسافة فننغمس في بعضنا

أغوص في حضنك حبيبي وتلفني بذراعيك وأنسى كلما ما جري

حبيبي اشتقت إليك

والشوق يقودني إلى حبك حبا بزيادة

لا استطيع أن امنع نفسي عن حبك

ولا أريد أن امنعها

فنفسي وقلبي وروحي وجسدي ملك يديك

وأنا منك واليك

حبيبي

الأميرة فالنسيا

كانت هذه كلمات الأميرة فالنسيا التي كانت تتعذب وهي بعيدة عن حبيبها الأمير المسجون هناك بعيدا في جزيرة الخوف التي يحكمها والده الطاغية الذي كان قاسيا حتى على أولاده.

كان الوالد دكتاتورا متحكما صلب التفكير، ولا يحب أن يعصى له أمر، ولا يحب أن يطول نقاش أي أحد له.

بل كان يستطيع أن يعاقب أي معارض له ولأي أمر قد يأمر به فيفصل له رأسه عن جسده.

ورغم أن الجميع يعرفون طباعه وسلوكه الحاد،
ويخافون منه، ويهابونه، بل حتى أن أوامره تطبق دون
أن تفهم أسبابها أو دوافعها أو الهدف منها.

ولكن كل ذلك لم يمنع ابنه وفلذة كبده من النهوض
والانتفاض عن الوضع وان يبحث عن حل للخروج
من الحياة التي يفرضها والده على الجميع.

لم يكن الابن يريد أن يعصي والده ولكنه في نفس
الوقت لم يكن راضيا بتلك الحياة التي رضي بها
الجميع.

لقد ضاق ذرعا بتلك الحياة وبأسلوب العيش
وتفاصيلها، وأراد أن يكون أول المنتفضين وان
يصرخ عاليا وان يثور ويخرج من بين لبنات جدار
الصمت.

كان ذلك الرجل صعب الميراس وصلبا مع الجميع
وليس له أية ليونة في التعامل ولا فرق عنده بين
غريب ولا قريب، بل هو صارم ويعاقب أي متجاوز

لقوانينه التي وضعها بنفسه وعلى الجميع احترامها، والخضوع لها وله وعدم الاعتراض ولو بين الشخص ونفسه فلو وصل الأمر إلى الحرس تمت معاقبته على الفور.

وهذا ما يجعل أبناءه في نظره من حيث القوانين وعدم تجاوزها مثلهم مثل الغرباء وبقية الناس والعامة.

السعي للحرية

بما أن الأمير لم يكن راضيا بالوضع ولا بالحكم والأحكام ولم يكن راغبا في العيش كل حياته بتلك الطريقة التي خضع لها عامة الناس من حيث الانصياع لكل أوامر ذلك الدكتاتور فقد كان يفكر كثيرا.

كان الأمير يفكر في الخروج من تلك المدينة، وان يجد طريقا إلى حياة جديدة بعيدة عن كل ما عاش فيه حياته السابقة.

فقد كانت الأيام السابقة التي عاشها في مدينته صعبة وقاسية وهو أحد الناس الذين لم يستطيعوا أن يتأقلموا مع الوضع.

للناس طاقات تحمل ومنهم من يستطيع أن يتحمل السجن ومنهم من يموت من فكرة البقاء بين أربعة جدران.

ومنهم من يستطيع أن يتحمل الأعمال الشاقة ومنهم من لا يتحمل حتى الهواء الصعب أو بعض الرياح، هناك بالفعل من لا يستطيع حتى تحمل الظروف الطبيعية أو الطبيعة القاسية.

أما بالنسبة للأمير فهو لم يكن حريصا على اتخاذ قرار بالانتفاض إلا بعد أن وقع في الحب.

وقع الأمير في حب أميرة من مدينة أخرى وقرر أنها هي حبيبة قلبه التي كان يتمناها كل حياته.

وقرر أن ينتفض على تلك الحياة التي كان يعيشها وان يخرج إلى الحرية وان يحلق في سماء الحب مع عصفورته حبيبته الأميرة الجميلة.

لم يكن قراره وليد تفكير مضطرب أو سريع، أو حتى وليد لحظة تسرع أو غضب بل كان قراره هذا قد جاء بعد مدة من الزمن والتفكير الجدي في الأمر.

لقد قرر الأمير أن يرتبط بحبيبته ولكن هذا الأمر لم ينل إعجاب والده الذي كانت لديه خطط أخرى لزواج الأمير.

لقد استغرب الوالد من كلام ابنه الأمير وطلبه الغريب بالارتباط بفتاة ومهما كانت مكانتها الاجتماعية ولكن الغريب في الأمر من وجهة نظر السلطان كان هو جرأة الأمير لطلب الارتباط من تلقاء نفسه.

فقد تعود السلطان على أن يعطي الأوامر ولم يحصل يوما أن طلب منه أحد أمر ما وفق رغبته الخاصة.

ولم يكن طلب الأمير مجرد اقتراح مثلا بل كان طلب خاص والأمير بدا وكأنه مصر على الأمر كثيرا بل وربما شعر السلطان بأن الأمير يبلغه وليس يطلب منه.

رفض السلطان الأمر رفضا قاطعا، ولم يعط الأمير فرصة لكي يناقشه في الأمر أو يقنعه بوجهة نظره أو بالأسباب التي جعلته يتقدم بذلك الطلب.

لم يستطع الأمير أن يقتنع برفض السلطان لطلبه فحاول أن يقنعه بالحب الذي كان يشعر به لكن السلطان لم يفتح له مجالا للنقاش واخبره بأنه قد خطط لزواجه من فتاة من اختياره هو كما أن الوقت لم يكن مناسبا وسوف يزوجه في الوقت الذي يراه مناسبا وعليه أن ينسى الأمر.

لكن الأمير كان مصر على الأمر ولم يكن ليرضى بالرفض بتلك السهولة، ولم يكن ليفكر في الزواج من أية فتاة أخرى غير حبيبته التي سلمها قلبه.

الحب من النظرة الأولى

لقد وقع الأمير في حب الأميرة خلال قضائه لبعض الأيام في غابة من الغابات التي كان يقصدها الأمراء والملوك من أجل رحلة صيد.

تصادف في تلك الفترة التي خرج فيها الأمير في حلة صيد إن كانت الأميرة قريبة من تلك المناطق الخاصة بالتخييم.

خرجت الأميرة برفقة والدها الذي كان يعاني من بعض المرض ولكن الطبيب نصحه بتغيير الجو والحصول على بعض الهواء النقي بالقرب من الينابيع الحارة التي تشفي من بعض الأمراض.

ولكن الملك والد الأميرة لم يستفد الكثير من تلك الرحلة لأنه وبعد العودة إلى القصر وبعد مرور بضعة أيام وافته المنية.

جاء الأمير إلى القصر لتقديم التعازي للأميرة وعمتها التي يبدو أنها كانت هي المسئولة عن القصر بعد وفاة أخيها الملك.

خطف الأمير نظرة خاطفة للأميرة بين الوفود الذين كانوا يقدمون العزاء في البلاط الملكي.

لقد كانت الأميرة ترتدي فستانا اسود اللون يظهر جمال بشرتها ناصعة البياض التي تشع تحت الطرحة السوداء المخرمة التي تسدلها على وجهها.

ولم تكن تلك أول مرة يراها فيها فقد رآها بينما كانوا يحطون الرحال في الغابة والأميرة كانت مغادرة إلى القصر برفقة والدها.

عندما وقع نظره على الأميرة التي كانت تهم بالصعود إلى عربتها شعر وكأنها قد خطفت منه قلبه وهذا ما فسره بأنه قد وقع في حب أميرة.

شغلت الأميرة تفكيره ورافقته في منامه وصحوه، وأصبح دائم التفكير فيها، حتى أنه قد جمع عنها كل المعلومات التي أمكنه جمعها.

اكتشف الأميرة بان الأميرة هي الابنة الوحيدة لملك تلك المدينة الصديقة لمملكة والده، وهي عزباء، والكثير من الأمراء يتقدمون لخطبتها بل ويحلمون بالارتباط بها لأنها أولا أميرة وثانيا لأنها كانت بارعة الجمال.

ولكن الأميرة كانت مدللة الملك وابنته الوحيدة لذا
هو لم يجبرها على الزواج بأي أمير من الأمراء الذين

كان بينهم الكثير من الخاطبين المناسبين في رأي الملك
ولكنه لم يكن ليجبر ابنته على الزواج بل كان ينتظر
موافقتها على رجل ترى بأنه يناسبها.

وبعد أن تلقت الأميرة الكثير من التعازي شعرت
ببعض التعب وغادرت صالة العرش بينما بقيت عمتها
تتلقى الباقي من الحضور.

لاحظ الأمير المعجب خروج الأميرة فتبعاها فورا
بعد أن تملص من الحضور.

تبعها واستأذنها لكي يرافقها في نزهتها في الحديقة
وقد كانت تحاول أن تشم بعض الهواء النقي وان
تخرج من قالب الحزن وتلقي التعازي.

حيث انه كان قد تبعها ثم ناداها وقال لها:

مرحبا أيتها الأميرة

وقد عرفت هي بأنه أمير لأنها لاحظت الخاتم الذي يضعه كما أنها رأته سابقا في صالة العرش بين الحضور:

مرحبا يا سمو الأمير

الأمير:

لا داعي للألقاب نادني باسمي فقط

فقط .....

الأميرة فالنسيا:

كما تشاء

الأمير:

أنا حقا آسف لما حصل معك ولما تعانيه

الأميرة فالنسيا:

لا أحد يعلم حقيقة معاناتي

الأمير:

بلى أنا أعلم

يمكنني الشعور بألمك ويمكنني رؤية الحزن في عينيك

كما أنني أعلم بأنك كنت قريبة من جلالة الملك

الأميرة فالنسيا:

وكيف لك معرفة ذلك؟

الأمير:

ألم تكونوا قبل حوالي الأسبوع في رحلة للصيد في الغابة الملكية؟

الأميرة فالنسيا:

أجل وما علاقة هذا بذلك؟

الأمير:

لقد كنت أنا هناك أيضا، كنت في الغابة

الأميرة فالنسيا:

وبعد؟

الأمير:

لقد رأيتك ورأيت طريقة كلامك وتعاملك مع جلالة الملك وأمكنني أن اعرف مدى تعلقك به

لم تستطع الأميرة أن تتحمل ذلك الكلام الذي تسمعه عن والدها الراحل وسالت دموعها غصبا عنها فقال لها

الأمير:

لا تبك أيتها الأميرة رجاء لأنني لم اقصد أن أجعلك
تحزنين بل أريد التخفيف عنك

جففي دموعك رجاء

وأعطاها منديله.

كان الأمير يريد التخفيف عنها كما أنها قد ارتاحت
بصحبته وهكذا قضيا وقتا طويلا ولم يشعرا بمرور
الوقت.

بعد ذلك استأذنها الأمير بزيارتها مرة أخرى
ولأنها لم تكن زيارة رسمية فقد اتفقا على اللقاء مرة
أخرى في اليوم الموالي وفي الحديقة أي في نفس
المكان.

ولأنه كان لا يزال أمامه بعض الوقت قبل عودته
إلى مملكته فقد أراد أن يستغل كل لحظة من أجل أن

يتعرف على الأميرة أكثر وان ينعم بصحبة الأميرة الجميلة البريئة وخفيفة الظل.

لقد كان وجود الأمير في تلك الفترة إلى جانب الأميرة أمر جيد وقد جعلها تتجاوز أحزانها وتخرج من قوقعة البكاء والأحزان، كما أنها شعرت وكأنها قد وجدت صدرا حنونا يشبه صدر والدها الملك الراحل.

شعرت الأميرة بالارتياح للأمير بل وشعرت بالحب تجاه، لقد عوضها والدها وملأ الفراغ التي تركه موت الملك.

كما أنها قد اختبرت أمورا كثيرة معه، منها الأمان والدفء وخرجت من الوحدة بفضله وأكثر أمر أدركته الأميرة في وجود الأمير إلى جانبها هو أنها قد وقعت في حبه.

لم تكن الأميرة هي من وقعت في الحب فقط بل الأمير كذلك.

لقد كان الأمير متأكدا من أنه قد وقع في الحب،
وان الأميرة هي حب حياته، كما انه لم يعد يريد غيرها
في حياته.

لقد فكر في الأمر وأراد أن يرتبط بها وصارحها
بالأمر حيث وافقته وأعطته الضوء الأخضر لكي يتقدم
لخطبتها، حيث قال لها:

أميرتي الجميلة أظن انه قد اقترب الفراق

ولكن لابد أن يكون بعد الفراق لقاء

الأميرة فالنسيا:

لا تقل فراقا.. رجاء لا تقل

الأمير:

لا تقلقي يا عزيزتي لأننا سوف نلتقي

الأميرة فالنسيا:

أنا اشعر بالحزن يخيم على قلبي وروحي

الأمير:

لا تكوني هكذا لأنه ما ينتظرنا هي أيام جميلة ملؤها
الحب والدفء والسعادة

الأميرة فالنسيا:

أتمنى ذلك

الأمير:

اسمعيني جيدا سوف نغادر غدا ولكنني فكرت في أمر
ويجب أن تعرفيه

الأميرة فالنسيا:

وما هو؟

الأمير:

أنت تعلمين كم أنا أحبك وأنا أعلم أنك تحبينني

ابتسمت الأميرة وقالت في خجل وهي تنظر إلى الأسفل:

أجل

الأمير:

أجل أعلم ولكن لدي ما أقوله لك

الأميرة فالنسيا:

وما هو؟

الأمير:

أنا لا استطيع العيش بدونك أريدك في حياتي

لقد قررت انه يجب أن نرتبط فما هو رأيك؟

سكتت الأميرة ولم تقل شيئا وهي تشعر بخجل كبير ووجهها وردي اللون، فتابع الأمير كلامه وقال:

أنت تعيشين هنا وأنا أعيش بعيدا في مملكتي ولكي نجتمع يجب أن نتزوج.

ركع الأمير على ركبته وأمسك بيدي الأميرة
ونظر في عينيها، وقد كانت هي جالسة على النافورة
الكبيرة التي تتوسط الحديقة وقال:

أميرتي..

هل تقبلين الزواج بي؟

الأميرة فالنسيا:

أجل.. أجل أقبل يا أميري

الأمير:

وأنت بموافقتك تجعلينني أسعد رجل على وجه الأرض

أنا أحبك يا أميرتي

وكل يوم يزداد حبك في قلبي

الأميرة فالنسيا:

وأنا أحبك أكثر من أي شيء في هذا العالم، أنت هو
كل العالم بالنسبة لي.

الأمير:

وأنت كل عالمي

وبينما هما واقفان وهو يحضنها قال لها:

أنا لا أريد أي شيء في هذا العالم إلا أن نكون معا

الأميرة فالنسيا:

وأنا أيضا.

ولكن الأمير لم يكن ليقدم على خطوة مثل هذه إلا بعد مشورة والده أو بعد أن يأخذ رأيه في الموضوع.

وربما إلى أن يوافق والده لأنه سلطان وله كلمة على كل شخص وكل مخلوق في مملكتهم ولا يمكن للأمير أن يتجاوز والده لكي يتقدم إلى عائلة الأميرة ولمن لديه كلمة عليها وهنا يقصد العمة.

العمة التي اغتنمت فرصة حزن الأميرة وبعدها عن البلاط وأعلنت نفسها المسئولة عن المملكة شيئا

فشيئا حتى تفاجأت الأميرة بعد مغادرة أميرها وعودته إلى مملكته بقرار العمة والتي أعلنت نفسها ملكة بعد وفاة الملك وقد أقنعت مجلس الشورى بأن الأميرة صغيرة وعودها اخضر وقد جعلها الحزن على والدها أكثر ضعفا لذا فهي لا تليق بكرسي العرش.

صدمة الأمير وقرار غير متوقع

عاد عودة الأمير إلى المملكة، وجد الأمور تسير على ما يرام، والمملكة على أحسن ما يرام.

وبعد مرور يومين تقريبا حيث لم يكن يطيق صبرا لإخبار والده بالأمر، أمر قلبه ورغبته في الارتباط والزواج بالأميرة فالنسيا من مملكة البرتقال.

لقد كان الأمير متشوقا جدا لكي يخبر والده بالخبر السعيد، ولم يكن ينتظر إلا أن يوافق والده على الأمر

ويرسله إلى مملكة حبيبته مع وفد للخطبة في أسرع وقت ممكن.

كانت كل أفكاره جيدة وايجابية ولم يكن يعتقد بأن الأمور قد تتعد أو قد يحدث أمر ما.

ورغم أنه يعرف والده حق المعرفة إلا أنه لم يتوقع ما قد يحدث بل توقع كل خير.

وهكذا وبعد أن أعطاه والده بعض الوقت بطلب من الأمير الذي أصر على الجلوس مع السلطان لأمر هام قال الأمير وهو يتقدم من السلطان ويقبل رأسه:

مولاي أنا سعيد بمقابلتك

السلطان:

ما الأمر الهام

ماذا لديك؟

الأمير:

مولاي إنه أمر يخصني

السلطان:

أجل فهمت وما هو؟

الأمير:

مولاي أنا أفكر في الزواج

السلطان:

كل الشباب يفكرون في ذلك

الأمير:

مولاي أنا أريد أن أتزوج

السلطان:

لقد فهمت وأنت سوف تتزوج هذا أمر وارد وأنت لم تأت بالجديد

الأمير:

مولاي لقد اخترت عروسا

السلطان:

ماذا؟

ما الذي تقصده؟

الأمير:

مولاي لقد أحببت أميرة وأريد أن أتزوجها

السلطان:

ولكن أنت تعلم بأن زواجك مدبر وعروسك تنتظرك
ولكن ليس هذا الوقت المناسب لمناقشة أمر زواجك

الأمير:

مولاي لقد وقعت في حب أميرة مملكة فالنسيا أميرة
مملكة البرتقال وقررت الارتباط بها

أنا أريدها هي زوجة لي

السلطان:

ألم تكن تعلم بأن عروسك جاهزة وقد قررنا زواجكم بعد سنة من الآن؟

الأمير:

بلى أعلم ولكن....

السلطان:

ولكن ماذا؟

الأمير:

مولاي أنا أحبها

السلطان:

توقف عند هذا الحد

الأمير:

ولكن...

السلطان:

إياك أن تناقش الأمر أكثر، لقد قلت كلمتي منذ زمن

الأمير:

مولاي

السلطان:

يمكنك الانصراف

الأمير:

مولاي...

وقال السلطان بلهجة حادة:

هيا انصرف

انصرف الأمير وهو حزين ولكن افترض بأن السلطان منزعج من أمر ما أو ربما تضايق من كلامه ولكنه سوف يصبح أفضل بعد مرور بعض الوقت، وهذا ما جعل الأمير يقرر أن يعيد مواجهة السلطان بعد مرور بعض الوقت.

انتظر الأمير هدوء والده لعدة أيام وهو يعتقد بأن الأمور سوف تصبح أفضل.

كان لديه أمل بأنه سوف يستطيع أن يقنع والده بما يشعر به، لم تكن طباع السلطان غريبة على الأمير، إلا أنه لم يحدث وان وقع في موقف معه قبلا.

انتظر الأمير بصبر وهو مشتاق لحبيبته، دائم التفكير فيها، لقد كان يشتاق إليها ويعتقد بأنه قد تأخر

عليها فقد كان متشوقا لمفاتحة والده لكي يرجع إليها مسرعا من أجل الزفاف ولكي يحضر عروسه معه إلى مملكته.

وهكذا مرت الأيام ومرت الأسابيع ولم يتمكن الأمير من الجلوس مع والده السلطان والكلام معه في نفس الموضوع مرة أخرى.

نفذ صبر الأمير وقد سافر السلطان إلى مملكة أخرى وهي نفسها المملكة التي كان قد اختار منها عروس الأمير.

كان للسلطان علاقات جيدة مع المملكة التي أراد توطيد علاقته بملكها وذلك بعقد قران الأمير على أميرة تلك المملكة، ولكنه قد قرر ذلك دون الرجوع إلى الأمير ولا بالأخذ برأيه.

لم يكن السلطان يستشير أي أحد، وكان يصدر الأحكام وفقا لنظرته وراية الخاص دون الرجوع إلى أي أحد ومهما كان الأمر خاصا أو عاما.

وهكذا وبعد أن رجوع السلطان إلى المملكة تمكن الأمير وأخيرا من مقابلته.

لم يكن لقاء بكل معنى الكلمة بل تمكن الأمير من مقابلة والده لأن الجميع كانوا قد توجهوا إلى قاعة الاجتماع العائلي من أجل أن يستقبلوه بعد عودته من السفر سالما.

وهكذا تمكن الأمير من البقاء بعد أن انصرف الجميع واخبر والده بأنه يريد أن يكلمه بأمر ما.

لم يرفض السلطان طلب الأمير بل على العكس رحب بالأمر كثيرا واخبره بأنه هو الآخر يريد أن يفاتحه بأمر هام.

وبعد أن صرف السلطان الوزراء والخدم وبقي لوحده مع الأمير، قال له:

لدي لك بشارة

الأمير:

خيرا يا مولاي، ما الأمر لقد أثرت فضولي

لقد اعتقد الأمير بأن السلطان ربما فكر في موضوعه

ويريد أن يزف له خبرا يفرح قلبه

السلطان: (وهو يبتسم)

انه أمر لطالما كنت تفكر به وخاصة في الفترة الأخيرة

الأمير: (وقد لمعت عيناه ورسمت البسمة على محياه)

هل تقصد الزواج يا مولاي؟

السلطان:

أجل الزواج، ألم اقل لك انه أمر يشغل تفكيرك

الأمير:

مولاي هل وافقت على زواجي

السلطان:

وهل كنت معارض لزواجك، هل يعقل أن يمنع رجل زواج ابنه؟

الأمير:

لست اقصد...

رجاء لا تفهم كلامي بشكل خاطئ

السلطان:

ماذا قصدت إذن؟

الأمير:

أقصد أنك ستأذن لي بالزواج؟

السلطان:

طبعا وهل يعقل إلا يتزوج أمير المملكة

الأمير:

أنا سعيد يا مولاي واشعر بفرح عارم

السلطان:

سوف تفرح لفرحك كل المملكة وسوف يصل الفرح
إلى مملكة أزهار القطن

الأمير:

وما دخل مملكة أزهار القطن

لم افهم يا مولاي

السلطان:

طبعا سوف يفرح كل شعب مملكة أزهار القطن

الأمير:

لماذا؟

السلطان:

سوف يفرحون لفرحك وأيضا لفرح أميرتهم

الأمير:

أميرتهم؟

السلطان:

أجل عروسك

الأمير:

مولاي لقد أخبرتك بأنني أحب أميرة أخرى

السلطان:

كيف تحب أميرة أخرى ولك خطيبة

الأمير:

مولاي أريد أن أتزوج الأميرة فالنسيا أميرة مملكة البرتقال

السلطان:

زواجك مدبر مع بالأميرة ألاميدا أميرة مملكة أزهار القطن، وهي خطيبتك والزوجة المناسبة لك فكف عن قول التفاهات

الأمير:

مولاي أنا أحب الأميرة فالنسيا ولن أتزوج غيرها

السلطان:

هل جننت؟

الأمير:

مولاي أنا أحبها حقا أرجوك لا تغصبني على أمر أنا أرفضه تماما

السلطان:

كيف ترفض أمرا مقدرا؟

أمر قد اتفقنا عليه منذ سنوات

كما أنه في هذا الزواج مصلحة لمملكتنا

الأمير:

وماذا عني أنا؟

السلطان:

وماذا عنك؟

الأمير:

أنا لا أريد الزواج بهذه الأميرة ولن أتزوج غير
حبيبتي

السلطان:

كف عن هذا الكلام وانصرف حالا

الأمير:

لا يا مولاي أنا لن أكف عن طرح الموضوع وأيضا
لن انصرف

السلطان:

هذه وقاحة

الأمير:

يجب أن تقتنع بأنني أحب أميرتي ولن أتزوج غيرها

السلطان:

زواجك مدبر وهذا الأمر لا رجعة فيه

الأمير:

لا طبعا لا أنا غير موافق ولن أوافق

السلطان:

وافقت أو لم توافق الأمر قد تم

الأمير:

سوف أسافر لأتزوج بحبيبتي، ولن أعيش في هذه المملكة أبدا إذن

السلطان:

كف عن هذا التصابي وانصرف

الأمير:

هذا ليس تصابيا بل هو قراري وسوف أسافر حالا

السلطان:

خطيبتك سوف تصل بعد شهر من أجل إقامة الزفاف

الأمير:

ليس لدي خطيبة وسوف أتزوج بحبيبتي

السلطان:

أنصحك بأن تنصرف وأن تفكر في كلامك جيدا

الأمير:

لن انصرف بل سوف أغادر المملكة كلها

السلطان:

يا حراس

الأمير:

لما تنادي الحراس سوف أسافر بحصاني فقط ولن اصطحب معي أحدا

السلطان: (مخاطبا للحراس بعد أن دخلوا)

القوا القبض على الأمير وزجوا به في السجن إلى أن أرى في أمره

الأمير: (وقد ألقى الحرس القبض عليه)

مولاي ما الذي تفعله؟

السلطان:

أنصحك بأن تفكر مليا في كلامك في زنزانتك

الأمير:

هل أنت تعني ما تفعله؟

السلطان:

سوف تفيدك الخلوة والزنزانة للتفكير مليا

الأمير:

لا يوجد ما أفكر فيه

السلطان:

إذن ابق حبيس الزنزانة.

سجن الأمير في زنزانة منفردة في سجن كان مخصص للخونة من الوزراء والمقربون وهو سجن محروس جدا، بل ومشددة الحراسة.

لم يكن السلطان يمزح في الأمر ورمى بابنه في السجن لأن أراد أمرا يعارض رغبته هو وأيضا لأن الأمير كان حادا في نقاشه واستعمل ألفاظا لم تنل إعجاب السلطان.

ولكن بدا وكان السلطان قد فكر في هذا القرار قبل أن ينفذه وكأنه لم يكن قرارا وليد الغضب والتسرع.

غضب السلطان من عارضه الأمير له ولكن الأمير الذي أثار غضبه أكثر هو رغبة الأمير في السفر إلى حبيبته، فكان ذلك هو سبب سجنه لكي لا يقوم بأي تصرف ارعن، ولكي لا يتسبب في فضيحة للسلطان.

غياب غير مبرر

غاب الأمير عن الأميرة وطال غيابه، في بداية الأمر كان يرسل لها الأخبار مع المراسيل ويخبرها بكل جديد يحصل معه.

فكان قد اخبرها بسفر والده وباقتراب عودته ومنذ ذلك انقطعت كل أخباره.

كانت الأميرة تستأنس بمراسيل حبيبها الأمير الذي يخبرها في كل مرة كم هو مشتاق إليها وكيف انه متلهف للاجتماع بها في اقرب فرصة.

وقد كانت هي الأخرى تنتظر على أحر من الجمر أن يتحقق مرادهما وان يزوجا.

لقد عانت الأميرة الكثير بعد وفاة والدها ولم تنتبه أن كانت منكبة على أحزانها وأيضا انشغلت بعلاقتها بالأمير حتى فاجأتها عمتها بأن اعتلت العرش وأعلنت نفسها ملكة على البلاد.

من الطبيعي أن ذلك الأمر لم ينل إعجاب الأميرة وقد عارضت قرار العمة وأيضا المؤيدين لها.

وعندما ثار غضب الأميرة رمت بها عمتها في السجن هي أيضا لأنها اعتبرتها تشكل خطرا عليها فربما تجمع بعض المعارضين وتنقلب عليها وهكذا

تحرمها من هدفها الذي وصلت إليه أخيرا وبعد مرور سنوات من الحلم.

لقد سجنت العمة الأميرة في قصر وليس في سجن مثل باقي السجون ولكنها قيدت لها حريتها، ومنعتها من أي نشاطات، بل وجردت القصر من الخدم والخادمات ووضعت بعض العناصر الجدد لكي ينقلوا لها الأخبار.

وشددت الحراسة عليها لكي لا تلوذ بالفرار لأنه وحسب آخر لقاء بينها دار نقاش حاد جدا مما جعل العمة تخاف من الأميرة وتحسب لها ألف حساب.

ورغم ذلك استطاعت الأميرة أن ترسل بعض الرسائل إلى حبيبها، دون أن تخبره بالوضع الصعب الذي كانت تعانيه.

بل وأخفت عنه مسألة أنها أصبحت سجينة لأنها لم تشأ أن تشغل باله وهي تعلم ظروفه ومعاناته في انتظاره لقرار والده وموافقته على الزواج فقد اخبرها

في رسائله بأنه لا يذوق طعم النوم من كثرة التفكير وانه يعاني من الحيرة فيما يحدث معهما.

العصفورة السحرية

كانت الأميرة تستطيع تحمل السجن ربما ولكنها لا تتحمل أن تبتعد عن حبيبها وان لا تراسله أو أن تعرف أخباره.

لم تجد سبيلا للتواصل مع حبيبها، وقد كانت في قصرها لوحدها، وبعد طول تفكير تذكرت أمرا مهما.

كان الملك والد الأميرة قد أهداها عصفورة سحرية وأخبرها بأنهٰ سوف تكون لها عينان في يوم ما إذا هي احتاجتها.

ولكن تلك العصفورة كانت نائمة ولم تستيقظ بل كان على الأميرة أن توقظها في حالة ما إذا هي احتاجت لعينين تسافران إلى أي مكان.

وهكذا وبعد أن انقطعت أخبار الأمير ولم تعد تأتي أية أخبار من مملكته قلقت الأميرة كثيرا.

وبعد طول تفكير في الأسباب المحتمل أنها قد تعيق الأمير من إرسال أية رسائل لم تتوصل الأميرة إلى أية أسباب مقنعة قد تشغل الأمير عنها وهي تعلم انه لا يطيق صبرا بعيدا عنها.

توصلت الأميرة إلى أن الأمر غريب وما يحدث على غير عادات الأمير لذا قررت أن تتصرف وحالا ولم تعد تريد أن تتريث في الأمر.

ومن أجل أن تعرف الحقيقة قررت الأميرة أن تسخر العصفورة السحرية لخدمتها لذا قامت بإحيائها وأرسلتها إلى مملكة الأمير لكي تأتيها بالأخبار عنه.

كانت العصفورة سحرية وتعمل بطريقة سحرية ولكنها لم تكن قد بثت فيها الحياة سابقا ولا عملت وكانت لتبدأ في العمل بأمر من الأميرة وقد اخبرها والدها بأن تجعلها تعمل لأجل أمر هام لأن العصفورة السحرية لا تعمل في أكثر من موضوع.

فقررت الأميرة أن تجعل العصفور تعمل في إحضار الأخبار عن حبيبها الأمير وأن ترى في عين العصفورة السحرية حبيبها كلما اشتاقت إليه.

ولكن وبعد كل مرة ترى حبيبها بعيني العصفور فإن عصفورتها تموت، وبعد مرور شهر بالكامل تعود العصفورة الى الحياة، وتواصل عملها في خدمة الأميرة.

كانت الأميرة تتعذب كثيرا وهي بعيدة عن حبيبها
وتشتاق إليه كثيرا.

وقد اكتشفت بأنه مسجون وان والده السلطان
يرفض إطلاق سراحه، إلا أن الأميرة مازال على
عهده بالحب والوفاء للأميرة ولازال يفكر فيها كثيرا
ويشتاق إليها ويحلم بأن يجتمع بها في يوم من الأيام.

قرار بالزواج

كانت العمة ترى بأنه من الرغم من سجنها للأميرة إلا أنها لازالت تشكل خطرا عليها وعلى منصبها في المملكة.

فكانت قد أعطت نفسها فرصة وبعض الوقت لكي تتمكن من السلطة والسيطرة على كل المملكة وعلى الوزراء ومجلس الشورى وأيضا على الشعب.

وبينما هي تعتلي السلم درجة درجة كانت معتمدة على سجن الأميرة ولكنها كانت قد قررت أن تعذيها بعض

الوقت لكي تفكر لها في حل جذري حل يخلصها منها والى الأبد.

لم يكن في استطاعة العمة التي أصبحت ملكة أن تتغاضى عن الخطر الذي تشكله الأميرة بالنسبة لها.

وهكذا وعندما أصبحت الملكة الجديدة تمتلك بعض الوقت حان الوقت لكي تعيد النظر في أمر الأميرة.

تشاورت الملكة مع وزيرها القريب منها والوفي وسألته النصيحة والمشورة في أمر الأميرة، فقالت:

أيها الوزير الأمين إنني بحاجة للنصيحة

الوزير:

تفضلي بالسؤال وان شاء الله سوف أكون عند حسن
ظنك

الملكة:

ابحث عن النصيحة فيما يخص الأميرة

الوزير:

وماذا عنها؟

الملكة:

هل تعتقد بأنني سوف أبقيها سجينة إلى الأبد
كما أنني لا امن لفأر يحفر تحت بيتك لأنه سوف يجعل
الجدار ينهار بعد مدة فهو يقضم الأساس

الوزير:

معك حق يا ملكتي

وما الذي تريدينه بالضبط؟

الملكة:

أنت تعلم جيدا بأنه لا يمكننا أن نمس الأميرة بسوء لأن الشعب سوف يثور علينا

الوزير:

أجل أعلم أن الشعب يحمي الأميرة

الملكة:

لذلك يجب أن نجعل السوء في قالب الخير وهكذا نتغلب على فكر الشعب

الوزير:

وماذا بالنسبة للأميرة؟

الملكة:

سوف نجبرها

الوزير:

ما الذي سوف تجبرينها عليه بالضبط؟

الملكة:

أنا أفكر في إبعادها عن المملكة لذا أظن انه من الجيد

أن نقوم بتزويجها وإرسالها بعيدا

الوزير:

بمن يا مولاتي تريدين تزويجها؟

الملكة:

هذا ما أريدك أن تساعدني فيه وأيضا كنت أريد أن

آخذ برأيك فيما سأفعله

الوزير:

رأيك صواب يا مولاتي ولا يحتمل التدقيق ولا

التشكيك

الملكة:

بما تنصحني إذن؟

الوزير:

ما رأيك يا مولاتي بابن خالك الذي يعيش في أقاصي الشمال؟

الملكة:

أخاف أن تسحره الأميرة بجمالها وتطلب منه الانتقام واسترجاع تاج والدها وعرشه

الوزير:

هل تعتقدين بأنه من الممكن أن يفعلا ذلك؟

الملكة:

أجل، وهكذا يصبحان عدوان لي وربما ينقلبان علي

الوزير:

إذن يجب أن نستبعد أي حل قد يضر بمصلحتك يا مولاتي.

الملكة:

هل لديك أية حلول أو اقتراحات؟

الوزير:

مولاتي لدي إقتراحان؟

الملكة:

تفضل واذكرهما

الوزير:

الاقتراح الأول وهو ابن وزير المالية، وهو يعيش بعيدا لأن والده قد أرسله بعيدا لكي تعلم مصاعب الحياة ويتعلم كيف يواجهه.

الملكة:

لا أظن أن هذا الاقتراح جيد أبدا

الوزير:

ولكن الوزير حليفك يا مولاتي وابنه مطيع لكل أوامر والده

الملكة:

أجل إنه كذلك بالضبط، ابن وزير المالية ولو أصبح حليف الأميرة ستتعقد الأمور ويتضخم طموح الوزير وربما يسرح بالطمع إلى مستويات أخرى.

الوزير:

معك حق مولاتي الأمر سوف يكون كذلك

الملكة:

إذن وما العمل؟

ما هو اقتراحك الثاني؟

الوزير:

مولاتي قد لا ينال إعجابك لأنه شبيه بالاقتراح الأول

الملكة:

دع الحكم لي، هيا قل ما لديك

الوزير:

مولاتي اقتراحي الثاني كان أن تزوجي الأميرة لأمير
أو ولي عهد لا طموح لديك بمملكتنا

الملكة:

أمير؟

ولكن أظن أنه إهدار للمناصب والنسب أن تتزوج
بأمير، كما انه سيمنحها سلطة عالية، لقد كنت ابحث
لها عن فلاح أو مزارع.

الوزير:

مولاتي فلاح أو مزارع هذا الأمر مبالغ فيه وسوف لن ينال إعجاب الشعب

الملكة:

بل سوف ينال إعجابهم أن أذعنا فيهم بأن الأميرة قد أغرمت والحب دفعنا إلى الموافقة لأننا نحن أيضا نحب الأميرة ونريد لها السعادة

الوزير:

مولاتي فلاح أو مزارع؟

الأمر غريب بعض الشيء وصعب، كيف سيصدق الناس بأن الأميرة قد وقعت في حب فقير، أين يمكن لها أن تكون قد التقت به؟

الملكة:

لا يهم، كلما يهمني هو أن أتخلص منها

الوزير:

اعلم يا مولاتي ولكن يجب التروي والتفكير بحكمة

الملكة:

عندما أفكر في أمرها يصيبني صداع، أريد أن أتخلص من الموضوع وفي اقرب وقت ممكن.

الوزير:

حسنا يا مولاتي سوف ابذل جهدي لكي آتيك بحل يرضيك ويرضي كل الأطراف ولكنني بحاجة لبعض الوقت.

الملكة:

خذ بعض الوقت ولكن لا تتأخر

الوزير:

حسنا يا مولاتي سوف أبذل قصارى جهدي

الملكة:

أسرع وليكن حل نهائي

الوزير:

أعلم يا مولاتي

الملكة:

والآن انصرف

الوزير:

بإذنك يا مولاتي

أومأت له الملكة بحركة برأسها تعني تفضل بالخروج وهي فعلا يبدو عليها كأنها تعاني من صداع لأنها كانت تمسك الصدغين بإصبعين.

سجن مقابل العصيان

وهكذا ولكي تتخلص الملكة من الأميرة قررت أن تزوجها.

وعندما رفضت الأميرة الأمر فقدت القليل من الحرية التي كانت لديها وأصبحت حبيسة غرفتها ولم تعد حبيسة قصر مليء بالغرف وله شرفات وحدائق، بل أصبحت سجينة أربع جدران مثلها مثل حبيبها الأمير.

وفي يوم ومن شده بكائها وهي تحمل بين يديها صندوق مجوهراتها والذي به هدية والدها التي اخبرها أن تستعملها وقت الحاجة والحاجة الضرورية فقط.

كانت قد قررت أن تستعين بعصفورة الأخبار فأخذته بين يدها والذي كان على شكل إكسسوار من الذهب وقد تذكرت والدها واشتاقت لحبيبها أيضا فنزلت دموعها على عصفور الذهبي وإذا به تحول إلى عصفورة حقيقية وحية وهي العصفورات التي جعلت حياتها اقل صعوبة فقد أصبحت تأتيها بأخبار حبيبها المسجون.

كانت هذه هي الطريقة التي اكتشفت بها الأميرة سبب غياب حبيبها عنها، وأيضا اللغز وراء انه لم تعد تردها أية رسائل منه.

لقد علمت الأميرة بأن حبيبها مسجون، وذلك بسببها وسبب حبهما فقد رأته بأم عينيها وهو يناجي القمر من نافذة الزنزانة، ويحكي له حكايته ويخبره بأن والده يريد التفريق بينه وبين حبيبته التي تنتظره.

بهذه الطريقة اطمأنت قليلا على حبيبها وفي نفس الوقت راودها الكثير من الخوف عليه لأنها اكتشفت بأن والده طاغية ودكتاتور يشبه إلى حد كبير عمتها الظالمة والمغتصبة للعرش الذي هو في الحقيقة من حقها هي، فقد كانت الوريثة الوحيدة لملك والدها.

عصفورة الشوق والأخبار

لقد كانت العصفورة حقيقية بثت فيها الحياة
فتحولت من تمثال عصفورة صغيرة من الذهب إلى
أجمل ما يمكن تخيله عصفورة ساعدت الأميرة
وجعلت لها حياتها جميلة بأخبار حبيبها وان لم تكن
الأخبار جيدة ولكن على الأقل اطمأنت على أميرها
بمساعدة تلك العصفورة.

بفضل عصفورتها السحرية أصبحت الأميرة تستطيع أن ترى حبيبها الذي تعيش بشوقها له وتحيا لأنه موجود.

لم يكن للأميرة أهل ولا أصدقاء إلا تلك العمة الشريرة التي يملأ قلبها الطمع والحقد والحسد والغيرة من ابنة أخيها الأميرة الجميلة والتي لم تكن ذات حيلة لذا أصبحت هي الأخرى سجينة.

أصبحت الأميرة سجينة وقليلة الحيلة ومغلوب على أمرها، لا تمتلك إلا الدموع والبكاء.

بالرغم من أنه أصبح من الممكن للأميرة أن تطمئن على حبيبها ولكن الشوق إليه كان يغلبها فتسيل دموعها بلا إرادة منها، كما أن حالته أصبحت تثير الشفقة وهو يعاني بين جدران السجن حيث تتم معاملته معاملة السجناء.

ولكن الحزن كان يصبح أعظم كلما ماتت
عصفورتها ولا تظهر إلا بعد مرور شهر بالكامل
حيث تستعيد هبة الحياة من جديد.

معا في الحب والألم

رغم أن وضع الأميرة صعب إلا أن وضع الأمير لم يكن أفضل حالا منها.

إلا أن الوضع قد تأزم بمرور الوقت فقد منع عنه والده حتى الطعام والهواء.

لقد كان السلطان الدكتاتور الوالد الطاغية يستغرب كيف أن ابنه أو أحد أولاده يمكن أن يعصي أوامره لذا عاقبه لكي يصبح عبرة لإخوانه فقام بالزج به في سجن مظلم تحت الأرض.

لقد كان السلطان يدرس كل خطوة من خطواته جيدا قبل أن يقدم عليها، وذلك لكي لا يندم على أي تصرف مهما كان.

لم يشأ السلطان أن يشوه صورته بين الملوك الوجهاء، فلو شاع بين الناس بأن ابنه قد عصاه هذا الأمر سوف يفتح مجالا أمام الناس لكي يعصوا أوامره وينتفضوا على قراراته الجائرة.

لو ذاع الأمر بين العامة كان الأمر ليجعل السلطان يفقد سمعته وسط شعبه، لذا ترك أمر سجن ابنه سرا عائليا، ومنع أي أحد من أن يأتي على ذكر الموضوع علنا.

ولكنه كلما احتاج لوجود الأمير إلى جانبه أو في إحدى المناسبات أو الحفلات مثلا أو الاجتماعات أمر الحراس أن يأتوا به وبأبهى حلة لكي يظهر على انه قد جاء مع مرافقيه.

وكلما اعترض الأمير على شيء ناله عقاب جديد وتلقى الكثير من الضرب.

وهكذا أصبح يخرجه من السجن عندما يكون الأمر ضروريا مثل حضوره الضروري في احتفالات المدينة بالأعياد الوطنية ولكن طبعا تحت الحراسة المشددة.

لم يكن الأمير ليخضع بسهولة ولكن السجن والعقاب والضرب الكثير جعلوه يفعل ما يطلبه منه والده، وقد كانت تلك الأمور غير مضرة به ولا بحياته لذا خضع لها.

معاناة وألم

لقد كان السلطان يتظاهر بأن الأمور تسير على أحسن ما يرام ويجبر الأمير على فعل ما لا يريد ولكنه كان مجبرا كما كان كلما اعترض تلقى ضربا مبرحا لدرجة انه يم يعد يطيق السوط.

بالإضافة إلى السجن والضرب بالسوط كان السلطان يتفنن في أساليب العذاب من تجويع وحرمان من كل ضروريات الحياة كالهواء والنور، والطعام والماء.

كما انه كان ينتظر عدول الأمير عن رأيه
ورجوعه إلى صوابه، أو بالأحرى خضوعه له
وطاعته في كل شيء حتى في الأمور التي تخص حياة
الأمير بشكل مباشر.

ولكن الأمير لم يكن ليتراجع عن مسألة حبه
للأميرة ولا بأي شكل من الأشكال بل وكانت الأيام
التي تمر عليه وقسوتها تجعله يصر على الأمر أكثر
فأكثر.

لقد كان صابر بعض الشيء ويصابر وينتظر الفرج
الذي يتمنى أن يكون وصوله عن قريب.

لم يكن في استطاعته لا الهروب ولا النجاة بنفسه،
ولحظات الضعف التي كان يمر بها لم تكن كافية لكي
تجعله يستسلم أو يفكر في قتل نفسه مثلا بل كان يعيش
فقط من أجل حبيبته وأملا في اللقاء معها يوما ما.

خطة محكمة الأطراف

في يوم من الأيام جاء الوزير الأمين إلى الملكة وأخبرها بأنه يحمل لها بعض الأخبار التي سوف تجعلها سعيدة.

سألته الملكة وقالت:

ما هي الأخبار أيها الوزير الأمين؟

الوزير:

أخبار جيدة يا مولاتي

الملكة:

من الأفضل لك أن تكون جيدة فقد أخذت من الوقت الكثير

الوزير:

مولاتي لقد وجدت لك الخطة التي كنت في انتظارها

الملكة:

هيا تكلم دون أخذ وعطاء

الوزير:

مولاتي لقد وجدت لك الرجل المناسب للأميرة وهو من سيخلصك من هذه المشكلة

الملكة:

ومن هو؟

الوزير:

إنه أي شيء

اعتبريه ما تريدين، إنه شبح وغير موجود، إنه شخص
يمكنك أن تقولي عنه ما تريدين

الملكة:

ماذا تقصد؟ هيا وضح كلامك

الوزير:

مولاتي لديك خياران

الأول وهو شخصية وهمية يمكنني أن أحيا كلك
تفاصيلها وبالقياس الذي يناسب خطتنا وبالتفاصيل التي
ترغبين فيها.

الملكة:

شخصية وهمية؟

الوزير:

أجل يا مولاتي

ويمكنك الإضافة والإنقاص والتعديل كما تريدين

يمكنك رسم الشخصية كما تريدين حضرتك

الملكة:

وما هو الخيار الثاني؟

الوزير:

الخيار الثاني وهو شاب يتيم يعيش في الغابة وهو مناسب للقصة التي تريدينها

كما انه مستعد لتنفيذ كلما نطلبه منه

الملكة:

وما هو المقابل لكي ينفذ كل طلباتنا؟

ضحك الوزير وقال:

في المقابل لن أقطع رأسه

أولا:

إنه يعمل بأمر مني وقد اخترته وفقا لكثير من المواصفات أولها أنه فقير

وثانيا:

إنه يتيم

وثالثا:

إنه يعيش في الغابة ولا أحد يعرفه وهكذا يمكننا أن نلصق به ما نريد

ورابعا إنه شخص بسيط ومطيع

الملكة:

هكذا إذن؟

الوزير:

مولاتي هذا الشخص أشبه بالخيار الأول إنه أقرب للشخصية الوهمية ولا أحد يعرفه.

كما أنه يمكننا أن نجعله يعيش مع الأميرة في الغابة ونقول بأنها هي تريد حياة بسيطة مع الرجل الذي وقعت في حبه وإنه هولا يصبو للحكم والمال وتزوجها لنفسها وليس طمعا في مالها ومكانتها الاجتماعية.

الملكة:

هل تظن أن الناس سيصدقون؟

الوزير:

أهم شيء هو إما أن نجعل على الأميرة حراسا أو ربما نبقيها في سجن لأنها هي الوحيدة التي يمكنها فضح الأمر.

الملكة:

لا يمكن أن تبقى هنا فانا أريد التخلص منها.

لا أريدها قريبة مني

الوزير:

مولاتي اختاري أحد الخيارين ثم بعد ذلك سوف نجهز كل الأمور ونحدد ما يجب فعله بالضبط وبالتحديد.

الملكة:

دعني أفكر لومين ثم أبلغك بما اخترت

الوزير:

حسنا مولاتي أنا في خدمتك دائما

الملكة:

أحسنت أيها الوزير ويمكنك الانصراف الآن

الوزير:

بعد إذنك مولاتي سوف انصرف.

كان للوزير زوجة ليس على الوفاق معها ولكنه يحافظ على علاقته بها من أجل الواجهة الاجتماعية، ولديه الكثير من الجواري.

ولكن لم يكن لديه أولاد ولا بنات، لم يرزق بأطفال إلا أنه لم يكن تعيسا لأنه كان لديه الكثير من الطموح المهني الذي لا يذكره أمام الناس ولا حتى في مجالس الأنس.

وكأنه كان يمتلك شخصية خفية، شخصية تتصف بالطموح والطمع تختلف عن شخصيته الضعيفة والدنيئة أمام الملكة.

فقد كان يتذلل إليها ويحاول أن يحقق لها كلما ترغب به، كما انه كان يحافظ على مكانته لأنه كان دوما يسعى لأن يصبح ذراعها الأيمن وان لا يسلبه أي كان مكانه هذا ومنصبه

بل وكان يحاول أن يسيطر على البلاط وأن لا يترك مساحة لأي أحد لكي لا يتكلموا عنه أمام الملكة ا وان تثق في حكمتهم الملكة فيسلبوه مكانه لديها.

كما أنه قد كانت له أحلامه الخاصة والتي لم يكن يعرفها أي كان، بل ولم يكن يذكرها بينه وبين نفسه.

لقد كانت أحلام خاصة يتمنى أن يأتي يوم لتتحقق وتصبح حقيقة.

أحلامه تعتمد على حلم واحد وهو أمنيته والتي بها يصبح أعلى مرتبة في المدينة والأكثر احتراما بين الناس.

كان الوزير هو من تعاونت معه العمة لكي تصبح ملكة وهو من واصلها إلى نيل مرادها وطموحها بأن تصبح ملكة والهدف لم يكن سهلا على الإطلاق.

وهكذا كان الوزير يفكر في انه بما أن الملكة غير متزوجة فهي بحاجة إلى رجل يقف بجانبها ويجلس إلى جانبها على كرسي العرش.

كما انه كان متأن في الموضوع وأراد لها أن تستمتع بالأمر وان تستقر جيدا وبعد ذلك سوف يفاتحها في الأمر.

فهي لن تجد رجلا مثله تعتمد عليه ويفكر في كل الأمور والحلول بدلا عنها، ولكنه لم يكن يعلم بأن الملكة لم تكن لتفكر في الزواج أبدا وخاصة بعد أن

جلست على كرسي العرش، لأنها تخاف على ذلك الكرسي وتحميه بحياتها.

ما كانت الملكة لتفكر في الزواج حتى من ملك أو أمير لأنها تعلم بأن الرجال متسلطون وسوف يسحب منها السلطة بكل تأكيد، وهذا أمر هي لن تسمح به أبدا.

وهكذا فأمر زواجها من رجل بسيط لن يكون احتمال وارد في تفكيرها حتى.

لقد حصلت الملكة على كمية من السلطة والتحكم لم يسبق أن شعرت بها في حياة أخيها رغم انه كان قد أعطاها الكثير من الصلاحيات ولكن أن تصبح ملكة هذا أمر مختلف تماما.

ولكن الوزير كان حاذقا وجيد التفكير، وكثير التخطيط والتدبير، وكان صابر على الملكة وقد قرر أن يعطيها بعض الوقت لكي تستمتع بالنجاح الذي جعلها تحققه وبفضله فقط قد حققته وبعد ذلك سوف يأتي الوقت الحازم لكي يحقق أهدافه هو.

لقد فكر الوزير ووجد بأن التخلص من الأميرة هو أمر جيد، لأنه هكذا يكون قد تخلص من أحد أعدائه ولن يبق أمامه ولا في طريقه إلا الملكة.

بعد مرور يومين أرسلت الملكة في طلب الوزير ولكن في جلسة لوحدهما وبسرية تامة وأخبرته بالتالي:

لقد جئت أيها الوزير الأمين

الوزير:

وكيف لي أن أتأخر على مولاتي، ما إن علمت أنك تطلبني حضوري حتى تركت كل ما يدي وسارعت بالمجيء إليك.

الملكة:

هل تعلم لما طلبتك؟

الوزير:

أتوقع أن يكون نفس الأمر الذي يشغلك هذه الأيام، موضوع الأميرة.

الملكة:

أجل إنه هو

الوزير:

وما الذي قررته يا مولاتي؟

الملكة:

أظن أن كلى الخيارين الذين اقترحتهما علي هما جيدين وأريدك أن تخبرني أي خيار أنت تفضل.

الوزير:

في الحقيقة يا مولاتي أنا أفضل خيارا ثالثا

الملكة:

ماذا تقصد؟

الوزير:

اقصد أن نجمع الخيارين الأول والثاني لكي يصبح لدينا خيار ثالث

الملكة:

وما الهدف من فعل ذلك؟

الوزير:

مولاتي ندعي بأن الأميرة قد تزوجت أي نضع لها مواصفات خيالية لزوج شبح وهذا وفق الخيار الأول، ثم نرسلها إلى الغابة ونسجنها هناك ونصع ذلك الشاب

الذي اخترته حارسا عليها وهذا الخيار الثاني وهكذا نكون قد مزجنا الخياران لكي يصبح نتاجهما الخيار الثالث.

وهكذا يا مولاتي نتخلص من الأميرة ونبعدها عن القصر وعنك.

الملكة:

جيد.. خيار نال إعجابي

الوزير:

أرأيت يا مولاتي أنني أجعلك سعيدة وأعطيك كل الأفكار التي تخدمك.

الملكة:

هذا عملك أيها الوزير وإلا لما كنت تشغل هذا المنصب واقرب الناس إلي حتى انه مسموح لك الدخول علي في أي وقت.

ألا يكفيك ما تناله من هدايا

الوزير:

بلى يا مولاتي اعذريني ولا تفهمي كلامي بشكل خاطئ

وطأطأ الوزير رأسه وانسحب من مجلس الملكة بعد ان أشاحت عنه بوجهها.

فقالت له الملكة قبل خروجه:

جهز كل الأمور اللازمة لأجل الأمر وأطلعني على كل التفاصيل

أريد أن نعلن عن الزفاف هذا الأسبوع

الوزير:

حسنا مولاتي.. فليكن الأمر كذلك

تنفيذ الخطط

تمت كل التجهيزات بفضل الوزير الأمين وخلال أيام فقط أعلن عن الزفاف الذي فضلت المكلة والعائلة الملكة أن يكون بسيطا وفي جو عائلي لكي لا يتم إحراج العريس المزعوم وعائلته المزعومة.

لم تشأ الملكة أن تخفي أمر العريس ووضعه المزري وأعلنت بين الناس انه شاب فقير يعيش في الغابة ولكن الحب هو الذي جعل الأميرة تقع في حبه

وتصر على الزواج به ولأنها قريبتها الوحيدة لم تشأ أن تكسر بقلب الأميرة.

أغدقت الملكة على الناس بالطعام والمكافآت لكي تجعلهم يصدقون بأن الأميرة حقا سعيدة ويجب أن يسعدوا معها.

أما بالنسبة للسكن فقد أشاعوا بين الناس بأن العريس فقير جدا ولا يمتلك بيتا لذا فقد اشترت الملكة قصرا في المكان الذي اختاره العريسان خارج نطاق المملكة وأهدته لهما.

وهكذا وبالفعل تم تجهيز الأميرة مع بعض أغراضها العزيزة عليها واصعدها الوزير في سر وخفية على متن عربية واصطحبها حارسها الشخصي وبعض الحراس الذين كانت مهمتهم إيصال الأميرة إلى ذلك الكوخ الذي يمتلكه الشاب.

وقد تم تجهيز غرفة في الكوخ بواسطة عمال القصر لكي تصبح صالح للسجن فقاموا بتعديلها وفقا لزنزانات السجن من أجل أن لا تفر الأميرة من هناك.

قرر الوزير والملكة أن لا يرسلا أي خدم مع الأميرة لكي لا يعينوها على الحياة وأيضا لكي لا يبثوا الأمل فيها والأفكار بالهرب مثلا.

لقد أراد لها الوزير أن تعيش في بؤس وجحيم لكي لا تفكر في أي شيء وقد اخبر الملكة بكل تخطيطاته.

ولكن في الحقيقة قد كان خيال الوزير خصب جدا وقد كانت خططه وفقا لوجهة نظره وتبعا لحلمه الذي يحلم به.

لقد كان الوزير يفكر بينه وبين فسه في انه سوف يتقرب من الملكة لكي يتزوج بها وإن لم تنجح خطته هذه سوف يزيحها عن منصبها بسبب أو بآخر، وأخر احتمال هو قتلها.

في تلك الحالة وبعد أن يقتلها يأتي دور الأميرة، لقد قرر الوزير أن يحتفظ بالأميرة لنفسه وهذا هو السبب في انه لم يختار لها زوجا ونصح الملكة بتزييف أمر زواجها.

والسبب في ذلك إن خطته البديلة كانت أن يأتي بالأميرة بعد أن يقتل الملكة ويعلنها زوجة له وبهذا الزواج يصبح هو الملك، وزوج ولية العهد الحقيقية التي كان من الممكن أن تصبح ملكة لولا طمع عمتها اللئيمة.

تمت كل الأمور وفقا لخطة الوزير والملكة وأصبحت الملكة تشعر بالراحة والفرح العميق لأنها قد تخلصت من كل هموما وأخيرا أزاحت الأميرة عن كاهلها.

أصبحت الملكة سعيدة جدا وهذا ما جعل الوزير يغتنم الفرصة لكي يفاتحها في أمر الزواج وقال:

مولاتي هل تقبلين أن أفاتحك في أمر ما؟

الملكة:

أنا سعيدة فإياك أن تفسد متعتي

الوزير:

يسعدني يا مولاتي فرحك

والأمر سوف يزيد فرحك ولن ينقصه

الملكة:

ما الأمر المفرح يا ترى؟

الوزير:

إنه سؤال يحيرني وأريد أن أطرحه عليك

الملكة:

هيا اطرح سؤالك

أنت تعلم أنني لا أحب أسلوب التشويق الذي تنتهجه معي، وخاصة عندما تكون لديك فكرة لامعة.

الوزير:

مولاتي ألا تفكرين في الزواج؟

الملكة: (وهي تضحك)

يبدو أنه موسم الزواج

هل فتح زواج الأميرة شهيتك للزواج أيها الوزير؟

الوزير:

مولاتي أنت تعلمين بأنني متزوج

الملكة:

وأعلم أيضا أن الرجال لا يكتفون من النساء

الوزير:

لا أبدا يا مولاتي هناك دائما امرأة مميزة تجعلك

تعرض عن بقية نساء العالم

الملكة:

وأنت تقصد بهذا الكلام طبعا زوجتك

الوزير:

زوجتي؟

الملكة:

ألم يدم زواجكما عشرون عاما؟ لابد وإنها امرأة مميزة حقا

الوزير:

كلا يا مولاتي لم يدك زواجنا لهذا السبب

الملكة:

ولأي سبب إذن؟

ربما الحب

الوزير:

لا ليس لذلك السبب كما أنه لم يدم كل تلك المدة

الملكة:

لم يدم؟

الوزير:

أجل مولاتي نحن منفصلان منذ سنوات وأنا حقا ابحث عن امرأة مميزة

الملكة:

أنت تبحث إذن؟

الوزير:

أجل أبحث، ولكنك يا مولاتي ذكية جدا

الملكة:

أعلم ذلك ولكن لما هذه الملاحظة في هذا الوقت بالذات وبينما نحن نجري حوارا عن موسم الزواج

وختمت كلامها بضحكة بصوت عال

الوزير:

مولاتي أنا طرحت عليك سؤالا وأنت لم تجيبيني بل أعدت طرح نفس السؤال علي حتى كدت أنسى أنني طرحت السؤال أساسا.

أكملت الملكة ضحكها وقالت:

أي سؤال؟

الوزير:

هل تفكرين بالزواج يا مولاتي؟

الملكة:

أنا ملكة ولن اقبل بغير ملك ولكن في تلك الحالة من سيحكم البلاد

أنا لا اقبل أن أصبح الشخص الثاني في السلطة وعلى البلاد

الوزير:

يمكنك أن تتزوجي يا مولاتي برجل حكيم وتحافظين على كونك أنت الشخص الأول في البلاد وأنت الملكة وأنت التي تحكمين.

الملكة:

وما فائدة ذلك الرجل إذن؟ إن لم يكن ملكا وذا سلطة

الوزير:

يعينك على الحكم يا مولاتي ويساعدك في اتخاذ القرارات

الملكة:

أنا لا احتاج شخصا لكي يحكم معي، إما عن القرارات فمجلس الشورى يساعد إلا أن الكلمة الأولى والأخيرة لي أنا لأنني الملكة

الوزير:

طبعا معك حق يا مولاتي

كانت الملكة تسد كل الطرق في وجه الوزير وكأنها تعرف ما يضمره في فؤاده كما أنها تتحدث عن قناعاتها بالفعل.

سجن وحرية

بينما الأميرة في رحلتها إلى سجنها الجديد وقع حادث، هاجمت بعض الدببة الحراس والعربية وهكذا أصيب الحارس الشخصي ومات حارسان وانقلبت العربة وهذا ما فتح المجال أمام الأميرة للهرب.

هربت الأميرة فعلا ولم يلحق بها الحارس الشخصي لأن إصابته كانت بالغة.

وبعد مدة من الزمن حوالي الأسبوع وصل الخبر إلى الوزير الذي أخفى الأمر عن الملكة وأمر بالبحث

عن الأميرة، ولكن كان الأوان قد فات لأنه لم يسمع بالحادث إلا بعد مرور أسبوع من الحادث ومن مغادرة الأميرة للقصر.

أمر الوزير بتمشيط الغابة ولكن الأميرة قد أخذت حصان أحد الحراس وانطلقت مع الريح إلى حيث الحرية ولا أحد يتحكم بها أو يسلبها حقها ويسجنها.

كما أنها كانت تفكر وهي على ظهر الحصان بحبيبها فهي هكذا يمكنها أن تتجه إليه فربما تستطيع أن تجتمع به، ربما قد تفتح لهما الحياة ذراعيها ويعرفا السعادة من جديد.

كان الوزير مازال مصرا على رأيه في الزواج بالمكلة ولكنه قد فقد الخيار الثاني والذي هو قتل الملكة وزواجه بالأميرة.

بلاد الحب

وصلت الأميرة إلى بلاد حبيبها الأمير، فهي لم تكن تمتلك وجهة غير وطن حبيبها فحبيبها هو الوطن بالنسبة لها.

ولكن لم تعلن الأميرة عن هويتها لأنها كانت خائفة من والده الدكتاتور السلطان الجائر.

الأمر الغريب هو أن الأميرة قد وجدت بأنه يقام زفاف ملكي في المملكة وعندما سألت واستقصت اكتشفت بأن الزفاف زفاف حبيبها الأمير على أميرة مملكة أزهار القطن

لقد صدمت الأميرة كثيرا ورغم أنها كانت تعرف
جيدا مشاعر الأمير تجاهها وحبه الحقيقي والخالص
لها.

لم تستطع أن تصدق الأمر ولكنه كان واقع أمامها
فكل المملكة تستعد للزواج الملكي.

حزنت الأميرة كثيرا وراحت تبكي والدموع تنهمر
بدون توقف، وقد جلست على النهر بعيدا عن الناس.

حكمة البصيرة

عثرت امرأة كبيرة في السن وعمياء على الأميرة بجانب النهر، وقد عرفت بأن هناك فتاة تبكي من صوت البكاء فقالت لها:

من هناك؟

من الذي يبكي؟

الأميرة فالنسيا:

أنا آسفة يا سيدتي، هل أزعجك صوت بكائي؟

مدت السيدة العجوز بيدها باتجاه صوت الفتاة وقالت:

خذي بيدي يا بنيتي

الأميرة فالنسيا:

هاك يدي يا سيدتي

السيدة العجوز:

يداك ناعمة وكأنك من طبقة نبيلة

الأميرة فالنسيا:

أنا... أنا...

السيدة العجوز:

لا داعي لقول شيء فأصلك ظاهر من طريقة معاملتك
لسيدة عجوز ومن أسلوب كلامك

الأميرة:

أنا حزينة يا سيدتي

السيدة العجوز:

لما بكائك وما سبب حزنك يا بنيتي؟

هل المسألة مسألة حب وقلب؟

الأميرة فالنسيا:

كيف ل كان عرفت ذلك يا سيدتي؟

السيدة العجوز:

وما الذي يبكي الفتيات الجميلات إلا الحب والحبيب
الخائن

الأميرة فالنسيا:

لا.. حبيبي ليس خائنا يا سيدتي

السيدة العجوز:

ما الأمر إذن؟

الأميرة فالنسيا:

إنه.. سوف يتزوج

السيدة العجوز:

سوف يتزوج ولا تعتبريه خائنا، أنت طيبة جدا يا
بنيتي

الأميرة فالنسيا:

ربما يكون مجبورا على فعل ذلك، من يعلم؟

السيدة العجوز:

بما انك قلت "ربما" فهذا يعني انك لا تعرفين ظروفه
ولم تسأليه لما عساه بفعل ذلك.

الأميرة فالنسيا:

أجل يا سيدتي

السيدة العجوز:

ولما لم تفعل؟

الأميرة فالنسيا:

لم استطع فعل ذلك؟

السيدة العجوز:

لماذا؟

الأميرة فالنسيا:

لم استطع مقابلة حبيبي، ولا الكلام معه انه مسجون

السيدة العجوز:

مسجون؟ هل هو مسجون أم سيتزوج؟

الأميرة فالنسيا:

الاثنان معا

الأمر معقد ولا يمكنني أن أشرح لك يا سيدتي

السيدة العجوز:

حسنا يا بنيتي يبدو أن الأمر معقد فعلا

حنت الأميرة رأسها ووضعت يدها على خدها وقالت:

أجل إنه كذلك

السيدة العجوز:

هل لديك مكان تذهبين إليه؟

الأميرة فالنسيا:

كيف عرفت بأنني لست من المدينة؟

ضحكت السيدة العجوز قليلا وقالت:

من صهيل حصانك

ابتسمت الأميرة وقالت:

لا سيدتي ليس لدي مكان أذهب إليه

السيدة العجوز:

رافقيني إذن فبيتي ليس بعيدا، إنه في الاتجاه الآخر للمدينة.

الأميرة فالنسيا:

ولكن...

السيدة العجوز:

لا تقولي لكن سوف تذهبين معي

بيتي في الغابة وهو بيت متواضع وأشبه بالكوخ لا يليق بأميرة مثلك يا عزيزتي

الأميرة فالنسيا:

أميرة؟

السيدة العجوز:

أتعتقدين بأنني لا اسمع ولا اعرف الأشياء من حولي لمجرد أنني كفيفية

الأميرة فالنسيا:

أعتذر منك يا سيدتي

السيدة العجوز:

علينا أن نغادر سريعا ويجب أن تغيري ثيابك هذه لكي لا انتبه إليك الناس

الأميرة فالنسيا:

ليس لدي غيرها

السيدة العجوز:

سوف نبحث لك عن ثوب فور وصولنا إلى الكوخ

هيا ..

الأميرة فالنسيا:

حسنا كما تريدين يا سيدتي

السيدة العجوز:

لا تقولي سيدتي بل قولي جدتي فانا في عمر جدتك

الأميرة فالنسيا:

جدتي

السيدة العجوز:

هيا هيا أسرعي سوف يحل الظلام

مساعدة في أصعب الأوقات

أخذت تلك السيدة العجوز الأميرة إلى بيتها، وقد كانت الأميرة في أمس الحاجة للمساعدة والعطف والحنان وقد خسرت كل شيء.

خسرت والدها الذي توفي وخسرت العرش والتاج وكل المملكة وأيضا ممتلكاتها، كما أنها قد خسرت قلب حنونا وهو قلب العمة الذي أصبح اصلب من حجر الصوان.

وبالإضافة إلى كل ذلك هي تعاني من فراق حبيبها وربما قد تكون قد خسرته هو الآخر لأنه على ما يبدو سوف يتزوج ويصبح ملكا لامرأة أخرى.

ولكن يجب أن يذكر الشخص ما يحدث معه من أمور جميلة هي هدية الحياة إليه كما كان يعدد كل الأمور السيئة والصعبة التي عارضته في مشوار حياته.

لقد كانت هناك أمور ايجابية في حياة الأميرة فقد عوضها الله حنان والدها بحب الأمير لها، كما أنها قد تمكنت من الهرب من سجن عمتها والسجن الجديد باسم الزواج الذي كانت تنوي إرسالها إليه وفي قمة أزمتها تحررت.

والأمر الأخير الذي يبدو أمرا جيدا جدا وقد حدث مع الأمير هو أنها قد عثرت على صدر حنون، شخص يكون سند لها وخاصة في هذه الفترة والتي هي تمر بها وهي فترة صعبة جدا لأن حبيبها سيتزوج.

وقد كانت الأميرة محظوظة أيضا بأن وجدت بيتا دافئا يمكنها البقاء فيه أو ربما الاختباء فيه فهي تعلم بأن المكلة لن يرتاح لها بال إلا إذا عثرت عليها ولو كانت جثة هامدة.

لم تكن الأميرة تعلم بأن الملكة تجهل أمر هروبها لأن الوزير كان خائف على نفسه وعلى مكانته لدى الملكة، فلو علمت الملكة بما حدث لاعتبرته إهمالا من طرفه وربما لطلبت بعزله أو قطع رأسه.

بعد أن وصلت السيدة العجوز والأميرة إلى كوخ العجوز البائس ولكنه كان مليء بالدف والحب، الحب الذي فقدته الأميرة من عمتها.

عمتها التي أعماها طموحها ولم تعد تشعر بالدماء التي تسري في عروقها وعروق ابنة أخيها، قريبتها الوحيدة، لدرجة أنها قررت إبعادها عن القصر وعن كل المملكة وليس فقط حرمانها من التاج والكرسي بل قد جردتها من كل حقوقها الشرعية.

بحثت السيدة العجوز في صندوق ثيابها حتى وجدت فستانا وهو رغم قدمه إلا انه أجدد شيء كان لديها لأنه فستان زفافها وقد ارتدته مرة واحدة عندما كانت فتاة وصحيحة النظر، فأعطته للأميرة وقصت عليها قصتها وكيف حدث معها وفقدت البصر.

لم تكن السيدة العجوز ضريرة كل حياتها بل كانت في الزمان البعيد فتاة جميلة وقد أغرمت برجل وتزوجته رغما عن أهلها.

ولكن وبعد مرور سنوات وهما يعيشان في سعادة عظيمة وقد اعتقدا بأنها سعادة أبدية ولكن لم تدم إلى الأبد.

لم يرزقا بأطفال ولكنها رغم ذلك كانا سعيدين، لقد كانت نصفا قلب وقد اجتمعا ونبض القلب باجتماعهما، ولكن بعد مدة وذات صباح توفي زوجها في حادث ولم

تستطع أن تتحمل فراقه لذا استمرت في البكاء والحزن
عليه حتى فقدت بصرها.

نصائح ومساعدة

حزن السيدة العجوز والبكاء حرماها من بصرها لذا هي نصحت الأميرة بأن لا تبكي، بل قد قدمت لها نصيحة أخرى وقالت لها وهما على المائدة تتناولان طعام العشاء الذي أعدته السيدة العجوز:

حبيبتي هل تعلمين مدى روعة النظر وأهمية أن ترى كل الحياة وتتمتعي بجمالها كل صباح وكل مساء

أن ترى النهار والشمس والليل والقمر والنجوم وحتى السحب والمطر.

أن ترى العصافير التي تزقزق، وان ترى الأسماك وهي تتسابق في مياه النهر.

إنها نعم كثيرة نستمتع بها بواسطة النظر

لذا يجب أن تحافظي على عينيك ونورهما

الأميرة فالنسيا:

حسنا يا جدتي لن ابكي بعد الآن

السيدة العجوز:

عديني

الأميرة فالنسيا:

أعدك يا جدتي

السيدة العجوز:

بدل أن تضيعي وقتك في البكاء يجب أن تفكري في الحل لمشكلتك.

الأميرة فالنسيا:

حل؟

السيدة العجوز:

أجل حل، لأنه لكل مشكلة يوجد حل وما علينا إلا
التفكير بحكمة وليس بتسرع

الأميرة فالنسيا:

أنا لا أرى أي حل

السيدة العجوز:

لا تكوني سوداوية، أنا أرى الحلول حتى في الظلام
الذي يحل يعيني.

الأميرة فالنسيا:

ولكن حل مثل ماذا؟

السيدة العجوز:

يجب أن تفكري جيدا وان تحللي الأمور فكلما اتضحت الرؤية كلما استطعت التوصل إلى المفاتيح والحلول

الأميرة فالنسيا:

ماذا تقصدين؟

السيدة العجوز:

حللي الوضع وحينها سوف تجدين جوابا لك سؤال قد يخطر ببالك

الأميرة فالنسيا:

حسنا، فهمت

السيدة العجوز:

من أخبرك بأن حبيبتك سيتزوج؟

الأميرة فالنسيا:

كل المدينة تعلم ذلك

السيدة العجوز:

ومن أخبرك بأنه مسجون؟

الأميرة فالنسيا:

عصفورتي أخبرتني

السيدة العجوز:

ما سبب سجنه؟

الأميرة فالنسيا:

سجن لأنه يحبني ويريد الزواج بي فمنع وقيدت حريته
لكي لا نرتبط

السيدة العجوز:

وما سبب زواجه بغيرك؟

الأميرة فالنسيا:

لا اعلم بالضبط ولكن أظن انه قد تم إجباره

السيدة العجوز:

لا يمكننا الجزم، ولا يجب أن نعتمد على الظنون

الأميرة فالنسيا:

ماذا تقصدين؟

السيدة العجوز:

يجب أن تتكلمي معه لكي تعرفي

الأميرة فالنسيا:

ولكنه مسجون

السيدة العجوز:

وإن يكن؟

الأميرة فالنسيا:

إنه مسجون في سجن القلعة الملكية

السيدة العجوز:

سوف أجد لك سبيلا لكي تريه وتتكلمي معه

الأميرة فالنسيا:

وماذا بعد ذلك

السيدة العجوز:

إن تأكدت بأنه مجبور سوف نجد حلا لتحريره

الأميرة فالنسيا:

أنا متأكدة بأنه يحبني ولن يرضى بالزواج بغيري، وان أقيم الزفاف فهو على الأرجح مجبور

السيدة العجوز:

حينا إن كنت واثقة في حبيبك إلى هذه الدرجة

الأميرة فالنسيا:

أجل أنا واثقة فيه كل الثقة

السيدة العجوز:

إذن لننتقل إلى الخطوة الثانية

الأميرة فالنسيا:

وما هي؟

السيدة العجوز:

تحرير حبيبك وزواجك به

الأميرة فالنسيا:

هل تعتقدين بأن هذا قد يحدث؟

السيدة العجوز:

طبعا أنا اعلم ذلك ولست فقط اعتقد، نحن بحاجة فقط
لبعض الوقت.

الأميرة فالنسيا:

ولكن الأمير سوف يتزوج غدا

السيدة العجوز:

الأمير، هل تقصدين الأمير حد ذاته؟

الأميرة فالنسيا:

أجل جدتي

السيدة العجوز:

أوه لقد تعقد الأمر بعض الشيء ...

سكتت السيدة العجوز لبرهة ثم قالت:

لا عليك لكل مشكلة حل وسوف أجد لك الحل هذه الليلة.

بقيت السيدة العجوز كل الليل تفكر وتخطط ويبدو أنها كانت تجيد بعض الحيل، وقد كانت مصرة على مساعدة الأميرة وتحرير الأمير لأنها بعد أن خلت بنفسها اكتشفت بأن الأمير حقا مسجون، وهو يعاني تحت سيطرة والده الطاغية.

أما الأميرة فقد كانت ساهرة هي الأخرى في الغرفة العلوية وتتأمل القمر بين النجوم والذي يظهر بين الأشجار العالية المحيطة بالكوخ، وهي تكلمه وتناجي حبيبها وتفكر.

لقد توصلت السيدة العجوز الحكيمة إلى أن من ربط يمكنه أن يحل وهكذا قررت أن يأتي الحل من عند الذي عقد العقدة، وهي تعني هنا الأب الطاغية.

لقد وجدت السيدة العجوز بأن هناك حلان لفك الزواج وإتلاف الخطة وإلغاء كل تلك العقد والأمور التي قررها السلطان وبذلك ينجو الأمير من الأمر المريع الذي كان سيتم الزج به فيه.

الحل الأول في رأي السيدة العجوز كان أن لا يتفق الطرفان ولأجل أمر لم يتم الاتفاق عليه، أو ربما أمر وعدوه به في المملكة الأخرى واخلفوا بوعدهم وهكذا يغضب الملك وسوف يلغي الزواج لعدم التزامهم.

أما الحل الثاني فكان أن تخرج أميرة تلك المملكة عن طاعة والديها وأن تقوم بأمر متهور وتعترض عليهم أو أن تهرب قبل موعد الزفاف.

ولكن الأمر الأقرب لكونه قد يصبح حقيقة بفضل بعض الحيل التي على السيدة العجوز لعبها فقد فكرت في أن تساعد على حصول الأمرين معا.

لقد كانت للسيدة العجوز قوى سحرية وهي لا تستعملها إلا أحيانا ولأجل الناس وفعل الخير فقواها تعمل بشكل أفضل في سبيل الغير.

وهكذا قضت الساعات الأولى من الصباح في تنفيذ خطتها التي خلصت إلى أنها هي التي سوف تحرر الأمير وتجمعه بالأميرة.

استعانت السيدة العجوز بالبوم في تلك الغابة لكي يسافر إلى مملكة العروس وأيضا أن يتوجه إلى قصر السلطان الظالم وأمرته بأن يحمل معه اللعنات التي تحل الأمور لصالح الأميرة والأمير.

وهكذا دار حوار في قصر مملكة الأميرة العروس بين الملك الذي لم يكن مؤيدا للزفاف والملكة التي كانت

فكرتها تزويج ابنتها الأميرة من أمير مملكة بيرلاس من أجل توحيد قواهم وتوطيد العلاقات بين المملكتين.

فقالت الملكة:

اليوم هو من اسعد أيام حياتنا

الملك:

أجل أجل اعلم

الملكة:

لما تتكلم بهذه الطريقة وكأنك غير سعيد لسعادة ابنتك

الملك:

سعادة ابنتي؟

الملكة:

أجل سعادة ابنتك، أليست الأميرة ابنتك؟

الملك:

لست أناقشك في كونها ابنتي بل في كونها سعيدة

الملكة:

ولما لا تكون سعيدة، اليوم سوف تزف لأمير رائع

الملك:

وابن سلطان رائع؟

الملكة:

وما خطب والده السلطان؟ وأيضا ما دخلها في والده؟

الملك:

ما خطب السلطان، وكأنك لا تعرفينه جيدا كما أن سمعته تسبقه إلى كل مكان، انه رجل طاغية وجائر

الملكة:

لا تبالغ يا عزيزي

الملك:

لست أبالغ إنها الحقيقة، لقد أغار على عدة مدن وضمها لمملكته

الملكة:

هذه تسمى توسعة

الملك:

إذن أنت توافقين على أن نعطيه الأراضي الغربية كاملة كشرط من شروط إتمام الزواج

الملكة:

وهل هذا هو الوقت المناسب لمناقشة الأمر؟

ألم ترسل له صكوكها؟

الملك:

لا

الملكة:

الم يطلب إرسالها يوم أمس؟ وقد كان حريصا على استلامها قبل يوم من الزفاف وهذا كان أحد شروطه التي لم يقبل فيها نقاشا.

الملك:

أنا لم اقل أنني موافق على الزواج وأنت كنت تحاولين إجباري كما أن ابنتي غير موافقة

الملكة:

لقد فات الأوان على كل هذا الكلام

الملك:

لا يهمني

الملكة:

أنت تجرنا إلى حرب لا محالة

الملك:

لقد قلت لك أنا غير مهتم

الملكة:

لا يهمني رأيك، سوف أحاول أن اطلب منه الغفران
اليوم وأظن أنني جيدة في إقناع الملوك.

كانت الملكة غاضبة جدا ونادت على الحراس وقالت:

هل قمتم بتجهيز العربات

ثم التفت إلى جاريتها التي دخلت مع الخدم وسألتها قائلة:

هل جهزت الأميرة

الجارية:

مولاتي.. مولاتي..

الملكة:

ماذا هناك؟

الجارية:

مولاتي الأميرة ليست في غرفتها

الملكة:

ماذا تقصدين؟

الملك:

وضحي كلامك؟

الجارية:

مولاتي لقد هربت الأميرة وقد بحثنا عنها في كل مكان ولم نجدها

الملكة:

ولم تبلغيني حتى الآن

مولاتي لقد كنا منهمكين في البحث عنها كما ان الحارس اخبرني بأنك في اجتماع مع الملك.

الملك:

أرأيت لقد جعلت ابنتك تفر منك

الملكة:

هل هذا وقتك الآن؟

نظر الملك الذي تظهر عليه ملامح السعادة إلى الحراس وقال:

انتشروا في كل مكان للبحث عن الأميرة أريدها أن ترجع سالمة.

فشل التخطيط

لم يصل وفد العروس واقترب الوقت من منتصف النهار وبدا السلطان يصبح غاضبا وقد كان يفكر في إلغاء الزفاف لأنه لم يستلم صكوك الدن الغربية لمملكة الأميرة العروس.

كان يفكر في أن يرجع عن رأيه ولكنه أعلن الأفراح والاحتفالات في كل المدينة ولم يكن يحب أن تكسر كلمته لذا قد كان يفكر في حل بديل.

فكر وفكر كثيرا ثم قرر أن يعقد قران ابنه الثاني على خطيبته وهي أميرة من العائلة الملكية وان لا تضيع كل تلك الاحتفالات سدى.

تم تجهيز الأمير الثاني وخطيبته الأميرة في وقت قياسي واحتفل السلطان الدكتاتور بزفاف ابن آخر له وقرر أن يشن حربا على مملكة أزهار القطن تلك المملكة التي كسرت كلمته وجعلته يعاني من الإحراج أمام الكثيرين.

ولكنه لم يعد من تلك الحرب بل تم قتله هو كثير من الجنود، يبدو أن ملك مملكة أزهار القطن والد الأميرة كان قد احتاط واكتشف خطة السلطان وعلم بأنه سوف ينتقم لا محالة.

ومن أجل رد شره فخخ الغابة الفاصلة بينهما وسقط الملك وجنوده في فخ لم يكونوا يعلمون بأنه ينتظرهم.

سمعت الأميرة بخبر زواج الأمير الثاني وسعدت كثيرا لأن حبيبها لم يتزوج ورغم انه في السجن إلا أن السيدة العجوز كانت تنصحها بالصبر والصبر الكثير وأخبرتها بأن الأمير سوف يتحرر يوما ما.

عندما تم الإعلان عن وفاة السلطان الجائر وجنوده وعادت الجثث اخرج الحراس الأمير المسجون لأنه الابن الأكبر وولي عهد المملكة ونصب ملكا ووضع تاج والده على رأسه وجلس على كرسيه.

دفن الأمير والده وعين أخاه الأصغر سنا وليا لعهده ثم جاء دوره لكي يبحث عن حبيبته ولكن لم يكن يريد أن يرسل لها رسولا بل قرر أن يسافر لإحضار حبيبته بنفسه.

ترك الأمير أخاه في مكانه لحين عودته وخرج في وفد من الجنود والحراس وقد كانت كل المدينة تعرف ما يحدث حتى وصل الخبر إلى السيدة العجوز التي أخبرت الأميرة بالأمر.

طلبت السيدة العجوز من الأميرة أمرا أخرا وهو
أن تختبر الأمير ووافقت الأميرة بكل صدر رحب.

اقتراب السعادة

اعترضت السيدة العجوز طريق الأمير وطلبت المساعدة لأنها كفيفة ثم أخبرته بأنها تستطيع تزويجه بأية فتاة إن أراد فأخبرها بأنه يحب فتاة ولا يريد غيرها.

عرضت عليه السيدة العجوز حوريات الإنس والجن على صفحة مياه النهر ولكنه رفض رفضا قاطعا.

أخبرته بأنها تستطيع أن تجلب له الكنوز ولم يقبل.

ثم قالت له تزوج حفيدتي إنها فتاة فقيرة إذا
كنت لا تحب الفتيات الثريات ولا جميلات الإنس
والجن فقال لها:

اقسم لك يا جدتي لو كانت حفيدتك هي الفتاة التي أحب
كنت لأتزوجها دون تردد.

وفي تلك اللحظة طلبت السيدة العجوز من الأميرة
الخروج وقد كانت تختبئ خلف شجرة وتستمع لكما ما
كان يدور بين حبيبها والسيدة العجوز وقالت لها:

اخرجي يا حفيدتي من وراء الشجرة لكي يراك
سمو الأمير فربما يقبل الزواج بك
استغرب الأمير أن اكتشفت السيدة العجوز حقيقته وهي
كفيفة وقال:

سمو الأمير؟

وفجأة خرجت حبيبته من وراء الشجرة

فانبهر بجمالها وانبهر بوجودها هناك وقال:

أميرتي أنت هنا

فقالت السيدة العجوز:

أنت توافق على الزواج بحفيدتي إذن

هرع الأمير إلى حبيبته وضمها وأخذها على
حصانه وعاد إلى القصر واخذوا السيدة العجوز معهما
وقد أصبحت حكيمة القصر.

Sommaire